MW01356454

exandre Ducourneau

Bernard Palissy

Drame en 3 Actes

AGEN
IMPRIMERIE VEUVE LAMY

1893

BERNARD PALISSY

TIRÉ A 50 EXEMPLAIRES

Alexandre Ducourneau

BERNARD PALISSY

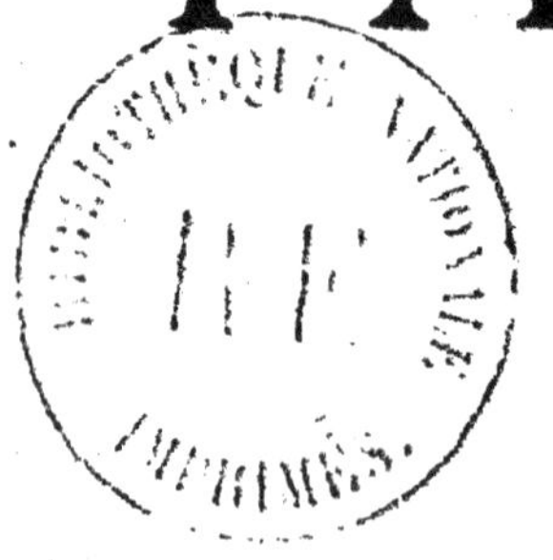

DRAME
EN TROIS ACTES

AGEN
IMPRIMERIE VEUVE LAMY
1893

Avant-Propos

Bernard Palissy a été une des plus remarquables figures du XVIe Siècle.

Ce fut un grand artiste. Mais, comme François Bacon, en Angleterre, et, cent ans avant lui, il fut, en France, un précurseur à intuition divine dans le domaine de la philosophie et de la science. Il veut « améliorer la condition humaine ». Il prévoit l'avenir et révèle la vérité.

Ce n'est pas seulement un grand artiste, un merveilleux inventeur ; c'est surtout une grande âme.

Dans les luttes qu'il eut à soutenir pour la défense de ses croyances religieuses, il reste inébranlable, supportant toutes les épreuves, la misère, la persécu-

tion, la captivité, avec la résignation d'un saint et la dignité d'un héros.

On comprend que le département de Lot-et-Garonne soit fier de compter Palissy au nombre de ses enfants.

Il y a deux ans, Villeneuve lui éleva une statue. Une des rues d'Agen porte, depuis longtemps, son nom, et on a eu la bonne pensée de mettre le nouveau Lycée de cette ville sous l'invocation de sa glorieuse mémoire.

Je viens, à mon tour, dans cette modeste composition dramatique, payer un juste tribut d'admiration au pauvre fils du peuple que ses vertus, ses malheurs, ses travaux, son génie, ont à jamais rendu célèbre.

Ma pièce, comme toutes les compositions de ce genre, a pour base une fiction, mais le fond en est rigoureusement vrai.

Palissy est là, dans son cadre historique, avec son caractère, mélange de douceur et de fermeté, sa noble physionomie, ses sentiments, sa piété de chrétien convaincu.

Si, un jour, mon drame est introduit sur la scène, le public, je l'espère, me saura gré de ma tentative et, oubliant l'insuffisance de l'auteur, ne verra que sa bonne volonté.

A. D.

BERNARD PALISSY

Drame en trois Actes

Personnages

BERNARD PALISSY.
MADELEINE, femme de Palissy.
MATHURIN, fils de Palissy.
NICOLAS, fils de Palissy.
DENISE, fille de Palissy.
LE ROI HENRI III.
LE MARÉCHAL DE MONTMORENCY.
DEUX OUVRIERS de Palissy.
TROIS CRÉANCIERS.
UN MESSAGER du Duc de Mayenne.
UN OUVRIER.
UN EXEMPT.
UN GUICHETIER.

Artistes, Ouvriers, Gardes, Pages.

PREMIER ACTE

L'INVENTEUR

A Saintes (1560)

PERSONNAGES :

BERNARD PALISSY (Moustache et longue barbe grisonnantes) — 50 ans.

MADELEINE, femme de Palissy — 40 ans.

DEUX OUVRIERS de Palissy.

TROIS CRÉANCIERS.

DEUXIÈME ACTE

L'ARRESTATION

A Paris (1575)

PERSONNAGES :

BERNARD PALISSY (Moustache et barbe blanches).

MATHURIN, fils de Palissy — 25 ans.

NICOLAS, fils de Palissy — 20 ans.

LE MARÉCHAL DE MONTMORENCY — 50 ans.

MESSAGER du Duc de Mayenne.

UN OUVRIER.

UN EXEMPT.

Artistes, Ouvriers, Gardes, Pages (personnages muets).

TROISIÈME ACTE

LA BASTILLE

A la Bastille (1582)

PERSONNAGES :

BERNARD PALISSY.

DENISE, sa fille — 19 à 20 ans.

LE ROI HENRI III.

LE MARÉCHAL DE MONTMORENCY.

UN GUICHETIER.

BERNARD PALISSY

Drame en trois Actes

Premier Acte

L'INVENTEUR

Le théâtre représente l'atelier d'un potier de terre. Ça et là, des outils, des vases de différente forme et de toute dimension; chaises, escabeaux, bancs, échelle. Au fond, un four à deux gueules.

A Saintes, 1560

SCÈNE PREMIÈRE

DEUX OUVRIERS, puis PALISSY

PREMIER OUVRIER, à son camarade

Es-tu toujours décidé à dire à messire Palissy que nous avons résolu de quitter son atelier ?

DEUXIÈME OUVRIER

Je n'ose... Ça me crève le cœur d'abandonner un si brave maître, alors qu'il a tant besoin de nos services.

PREMIER OUVRIER

Pourtant, nous ne pouvons vivre de l'air du temps. Il ne paie plus nos salaires ; il n'a aucune ressource. Et puis, toi et moi, nous sommes embauchés ailleurs.

DEUXIÈME OUVRIER

Oui, impossible de retarder, je le sais. Mais comment s'y prendre? L'annonce de notre départ sera pour lui un nouveau coup. Il est déjà bien assez à plaindre.

PREMIER OUVRIER

Je suis aussi embarrassé que toi. Faire de la peine à un aussi bon patron, qui nous a obligés, qui n'a pour nous que des paroles de douceur et d'encouragement : que c'est donc chagrinant !

DEUXIÈME OUVRIER

Quand je m'approche pour l'avertir, crac ! la parole expire sur mes lèvres. Je lui trouve tant de tristesse dans le regard et tant de majesté dans le visage qu'il m'apitoie et m'intimide à la fois.

PREMIER OUVRIER

C'est comme moi. Cependant il faut y venir ; et, certes, à la première occasion... Ah ! mon Dieu ! le voici.

Palissy, rêveur, marche à pas lents, sans voir les ouvriers,

PALISSY, à lui-même.

Sortirai-je enfin de cette impasse où j'étouffe ?.. Je joue aujourd'hui ma dernière carte. Il faut que je gagne la partie ; il le faut.

Il promène, et, derrière lui, les ouvriers suivent ses mouvements.

Mes calculs sont exacts, ma méthode sûre, mes procédés justifiés par la science. O fantôme, qui, depuis seize ans, m'enveloppes de ténèbres et m'égares dans les sentiers de l'utopie et du rêve, ôte-toi de mon soleil !...

DEUXIÈME OUVRIER, appelant à mi-voix.

Maître !

PALISSY, à lui-même.

Vais-je enfin échapper à cet enfer, à ces anxiétés, à cette torture de tous les instants, triompher des obstacles que m'oppose la nature, lui arracher son secret ?

PREMIER OUVRIER, appelant à mi-voix.

Maître !

PALISSY, sans entendre.

Le vent de l'adversité va-t-il cesser de souffler sur moi ? Verrai-je des jours meilleurs ? Ma famille sera-t-elle sauvée ?... Ma famille !

DEUXIÈME OUVRIER, appelant à mi-voix.

Maître !

Palissy, sans répondre, s'assied près d'une table, un crayon à la main, et vérifie des calculs.

PALISSY

C'est bien cela, c'est bien cela... Allons! aujourd'hui simple potier de terre, demain l'égal des artistes d'Italie les plus renommés. Moi aussi, je serai artiste. Mon nom sera célèbre. J'aurai doté la France d'une belle découverte.

PREMIER OUVRIER

Messire Palissy.

PALISSY, sortant de ses réflexions, et levant la tête.

Qu'y a-t-il, mes amis? Que souhaitez-vous de moi?

DEUXIÈME OUVRIER

Maître, nous partons.

PALISSY.

Eh quoi! vous désertez au moment où je m'apprête à livrer la bataille décisive? Vous me laissez toute la besogne sur les bras alors que la maladie m'a ôté mes forces, mon ancienne vigueur?

PREMIER OUVRIER

Ce sera, pour vous, deux bouches de moins à nourrir.

PALISSY

Avant votre départ, donnez-moi un dernier coup de main; soyez bons compagnons.

DEUXIÈME OUVRIER

Nous sommes engagés du côté de Saint-Jean d'Angely. C'est la mort dans l'âme, croyez-le, que nous nous éloignons de votre demeure hospitalière.

PALISSY

Ne m'abandonnez pas ainsi. Lorsque vous étiez sans ouvrage, je vous ai recueillis, abrités, nourris. Vous m'avez aidé, c'est vrai ; mais je vous ai secourus... restez avec moi encore un peu de temps.

PREMIER OUVRIER

Impossible, patron, de manquer à notre nouvel engagement.

PALISSY

Une parole engagée ! Ah ! vous avez raison : c'est sacré... Recevez-donc ce qui vous est dû... (Il leur distribue quelque monnaie). Je tâcherai de me suffire. Seul, je ferai face à tout. Seul, je resterai sur la brèche. Seul, je tenterai le grand œuvre... Allez ! Emportez, avec mon dernier écu, ma dernière illusion sur les plus nobles sentiments de l'âme humaine : la reconnaissance, le dévouement, l'amitié.

Les ouvriers, honteux, saluent et sortent.

SCÈNE DEUXIÈME

PALISSY, seul.

Il était écrit qu'aucune épreuve ne me serait épargnée. Ces ouvriers sur l'attachement desquels j'avais le droit de compter, fuient devant ma misère. Plus rien à attendre des hommes ! Je dois vaincre seul ou succomber.

SCÈNE TROISIÈME

PALISSY, MADELEINE, sa femme.

MADELEINE

Eh bien ! ami, où en es-tu ?

PALISSY

Je touche au dénouement. Patience !

MADELEINE

Qu'il me tarde que tes travaux soient couronnés de succès ! Voilà seize ans que cela dure ; voilà seize ans que le travail, les insomnies, le chagrin, ruinent ta santé, que tu marches de déception en déception : quelle horrible existence !

PALISSY

Oui, chère femme, seize ans !.... un siècle !.... mais l'espoir de procurer le bien-être à mes enfants, l'espoir de te dédommager de tes peines, l'espoir de sortir victorieux de la lutte après cette longue période d'efforts et de souffrances a doublé mon énergie.

MADELEINE

Mais nous sommes au bout, mon cher Bernard !... Tes ouvriers sont partis, emportant le peu d'argent qui nous restât ; j'étais-là, j'ai tout entendu... Les fournisseurs, chaque matin, se présentent, la menace à la bouche... Le boulanger parle de refuser le pain... Nos enfants, presque en haillons, manquent du nécessaire... Que faire? Que devenir? Oh! c'est affreux!

PALISSY

Tais-toi, Madeleine! Tu me déchires le cœur! Ne suis-je pas assez malheureux? N'ai-je pas assez souffert?... Toi, si forte, si vaillante, dont la foi embrasait mon âme, tu doutes et tu passes à l'ennemi!...

MADELEINE

Pardon! Pardon! Tu sais si j'ai lutté à tes côtés; si j'ai pris ma part de tes déboires, si j'ai lié mon sort au tien sans proférer une plainte, sans chanceler, sans reculer d'un pas; mais je ne puis empêcher mes entrailles de mère de crier!...

PALISSY

Je te comprends, ô mon amie! mais patience! Nous touchons au terme de nos maux, je l'espère, je le prévois, je le sens.

MADELEINE

Vainqueur ou vaincu, je suivrai ta destinée. Mon courage se doublera du tien; mon affection fera le reste.

PALISSY, lui pressant les mains.

Chère Madeleine.

SCÈNE QUATRIÈME

LES MÊMES, TROIS CRÉANCIERS DE PALISSY

PREMIER CRÉANCIER à Palissy.

Encore nous, Maître ! Vous ne devez pas être surpris de nous revoir. Il nous faut de l'argent...

PALISSY

Pas plus qu'hier, à mon grand regret, je ne puis vous satisfaire.

DEUXIÈME CRÉANCIER

Nous renverrez-vous, de semaine en semaine, jusqu'à la fin du monde ?... C'est un peu long.

PALISSY

Si je pouvais....

TROISIÈME CRÉANCIER

Payez ou sinon...

MADELEINE

Serez-vous sans pitié ?

PREMIER CRÉANCIER

Dame Palissy, la pitié n'a pas cours dans le commerce : C'est de la fausse monnaie.

PALISSY

Un délai, un très-court et dernier délai, je vous en prie.

DEUXIÈME CRÉANCIER

Nous sommes las d'être lanternés.

PALISSY

Avant peu — Dieu aidant! — je serai en mesure.

TROISIÈME CRÉANCIER

Ne nous forcez pas de recourir aux moyens extrêmes, la prison pour dettes, la saisie.

PALISSY

La prison, la saisie!... Et qui nourrira mes enfants?... Oh! Vous n'aurez jamais cette cruauté!.... Si vous saviez....

TROISIÈME CRÉANCIER

Nous savons, cher Maître, combien vous avez la langue dorée. Mais on ne paie pas avec de belles paroles.

PALISSY

Je suis un honnête homme.

PREMIER CRÉANCIER

Comme ça vous fait la belle jambe!

DEUXIÈME CRÉANCIER

De l'argent ou la saisie! choisissez.

PALISSY

J'attends de ma découverte honneur et richesse. Si vous saviez.....

TROISIÈME CRÉANCIER

Bon! voilà les histoires qui vont recommencer.

PREMIER CRÉANCIER

N'êtes-vous pas chimiste, alchimiste ?... Trouvez la pierre philosophale... Faites de l'or.

DEUXIÈME CRÉANCIER

Depuis que vous logez le diable en votre bourse, vous auriez dû invoquer son aide. Le Diable et un hérétique ! Ça doit s'entendre à merveille.

PALISSY

La science cherche, trouve et se manifeste par ses œuvres, avec l'aide de Dieu.

TROISIÈME CRÉANCIER

Vous vous créez des chimères et vous rêvez tout éveillé.

PALISSY

Des chimères !...

PREMIER CRÉANCIER

Voyons ! Depuis que, jour et nuit, vous chauffez votre four, qu'en avez-vous retiré ? Des pots fêlés ou difformes et des cendres.

DEUXIÈME CRÉANCIER, ironiquement,

Un bénéfice tout clair... Ah ! ah !

PREMIER CRÉANCIER

Simple potier de terre, le plus sage pour vous était de rester terre-à-terre. A qui veut s'élever trop haut, la tête tourne et sa chute est inévitable.

PALISSY

Accordez-moi une semaine.

DEUXIÈME CRÉANCIER

N'y comptez pas.

PALISSY

Ma femme pleure. Verrez-vous pleurer une femme sans être attendris ?

MADELEINE

Messires, je vous supplie au nom de mes enfants....

Les créanciers se parlent à voix basse.

TROISIÈME CRÉANCIER, à Palissy.

Vous êtes un rêveur ; mais, comme vous le disiez tout-à-l'heure, vous êtes un honnête homme. Un délai de trois jours vous suffit-il ?

PALISSY

J'accepte. Vous avez ma parole.

PREMIER CRÉANCIER

N'ayez garde de l'oublier.

Palissy et sa femme se tiennent à l'écart, silencieux et navrés. Les trois créanciers se groupent sur le devant de la scène et causent à mi-voix.

DEUXIÈME CRÉANCIER

Eh bien ! que vous en semble ?

TROISIÈME CRÉANCIER.

Nos créances ne valent pas un maravédis d'Espagne.

PREMIER CRÉANCIER

Palissy est plus fou que jamais.

Ils sortent.

SCÈNE CINQUIÈME

PALISSY, MADELEINE

PALISSY

Ils sont partis !... Ils ne m'ont épargné ni les moqueries, ni les humiliations, ni les menaces. Ma réponse sera prompte. J'ai hâte d'en finir. Vite ! du bois, Madeleine.

MADELEINE

Nous n'en avons plus, hélas !

PALISSY

Comment ! plus de bois et plus d'argent pour en acheter !... Mais, à l'instant même, il faut que mon four soit allumé... (Avec exaltation). Du bois ou tout est perdu, tout : mes produits, le fruit de mes sueurs et de mes recherches, ma réputation. Oh ! C'en est trop !

MADELEINE

Calme-toi, Bernard ! tu m'épouvantes.

PALISSY

Du bois ou ma fournée est manquée et je ne

survivrai pas à ma honte.... Ah ! quelle idée ! Oui, ce dernier sacrifice, c'est le salut !

S'armant d'une hache, il brise la porte, les chassis des fenêtres, bancs, table, chaises, etc.

MADELEINE

Que fais-tu, Bernard ? Deviens-tu fou ?

PALISSY

Rassure-toi, chère femme ! Le bois me manque. J'en prends où j'en trouve. Rassure-toi.

En parlant, il empile les débris et les jette dans le four.

MADELEINE

C'est l'acte d'un insensé que tu accomplis, malheureux !

PALISSY

C'est l'acte d'un homme, qui, près de se noyer, s'accroche à la dernière branche. Rassure-toi.

Il allume le fourneau : la flamme jaillit.

..... O flamme, si chèrement acquise, qu'un souffle divin t'anime !... Eclaire ma victoire...

Il s'assied, harassé et s'essuyant le front.

MADELEINE, *anxieuse (à part).*

Comme il souffre ! mais quel lutteur convaincu !

PALISSY, *se levant.*

Madeleine, voici l'heure solennelle ! Prions.

MADELEINE

Prions.

PALISSY

O Dieu, créateur des mondes ! malgré mes

épreuves, mes déceptions, mes défaillances, j'ai eu confiance en toi, comptant sur ton secours pour réaliser l'idée que tu as jetée, toute brûlante, dans mon cerveau. Féconde mon suprême effort. Envoie-moi le rayon lumineux qui m'aidera à voir la vérité face à face et à vaincre en son nom !... Et maintenant, Madeleine, approchons... (Tous deux se dirigent vers le four) ..... Oh ! Qu'est-ce qui m'attend ? Est-ce un échec ? Est-ce un succès ? Que vais-je retirer de ce fourneau ?..... J'hésite, je tremble... à mon tour, j'ai peur !

MADELEINE

Du courage, Bernard !

PALISSY

Allons !

Il ouvre le fourneau, en retire successivement divers objets de poterie, les examine avec un mouvement fébrile et pousse un cri.

Ah !

MADELEINE

Je comprends, Bernard, à ce cri de joie, que Dieu a couronné tes efforts... (Le saluant par une révérence) Sublime inventeur, je vous salue !

PALISSY

Oh ! l'émotion me suffoque... j'ai comme un éblouissement. Sous un ciel splendide, à mes yeux ravis, miroitent la fortune, la célébrité, la gloire ! Oui, j'ai réussi..... Oublions nos malheurs... Qu'est-ce que mes souffrances ! Qu'est-ce que mon passé, si douloureux, devant un présent si riche d'avenir ? Je puis, comme le vieux Grec Archimède, dire, moi aussi : *J'ai trouvé !*... Et quelle main, ô mon amie, me versait la liqueur de l'espérance quand je désespérais ? La tienne. Quelle voix chantait à mes oreilles la fanfare du triomphe, quand, triste, conspué, déçu, je me couchais, prêt à mourir ? La tienne. Oui, qui m'a inspiré, qui m'a donné la victoire, si ce n'est l'ange gardien de mon foyer ? Toi, toujours toi. Mille fois merci, ô ma compagne héroïque !... Viens dans mes bras et réjouissons-nous ensemble..... Ah ! Madeleine, quel beau jour pour nous !

Il l'embrasse. (Le rideau baisse).

FIN DU PREMIER ACTE.

Deuxième Acte

L'ARRESTATION

Une vaste salle, au fond de laquelle des jeunes gens dessinent et dressent des plans. Des ouvriers vernissent de la poterie à l'aide d'un pinceau. A droite et à gauche sont rangés, par terre et sur des étagères, différents vases, des coupes, des plats sculptés, des statuettes, etc.

A Paris, 1574

SCÈNE PREMIÈRE

PALISSY, MATHURIN son fils

PALISSY

Bientôt quinze ans, en effet, mon cher Mathurin, que j'ai été nommé intendant des Tuileries du roi. Ce sont les Montmorency qui m'ont valu la faveur royale. Comment l'oublier ?

MATHURIN

Vous la devez aussi, cher père, à vos œuvres, si appréciées de la France entière.

PALISSY

Il m'a été permis de vous associer à mes travaux, toi et ton frère. Redoublez de zèle. Mais, ton frère Nicolas, où est-il? Au plaisir, sans doute, comme d'habitude, au lieu d'être à la besogne?

MATHURIN

Nicolas aime le plaisir; il n'en est pas moins diligent. Il est allé à la fabrique prendre quelques échantillons d'émail... Le voici de retour.

Nicolas paraît.

SCÈNE DEUXIÈME

LES MÊMES, NICOLAS

Nicolas dépose avec soin les échantillons dont il est porteur.

NICOLAS

Bonjour, père!

PALISSY

Approche, mon fils. Je faisais ton procès.

NICOLAS

Faut-il plaider?

PALISSY

Je te voudrais plus sérieux, mon fils!

NICOLAS

Je tâcherai, père!

MATHURIN

Il se souviendra, d'ailleurs, que nous vous devons le peu que nous sommes.

NICOLAS

Naissance oblige.

PALISSY

Vous êtes, tous deux, de nobles enfants, d'excellents artistes. Pourtant, en ce qui concerne Nicolas, j'ai à signaler une petite ombre au tableau.

NICOLAS

Une ombre ?...

MATHURIN

Père, soyez indulgent, comme toujours.

PALISSY, passant paternellement son bras sous celui de Nicolas.

Je voudrais que Nicolas, le charmeur. fît plus souvent œuvre de ses dix doigts et ne laissât pas son cerveau s'en aller par les lèvres.

NICOLAS

J'avoue mes torts.

MATHURIN

Si mon frère perd quelque fois son temps, il l'a bientôt rattrapé. Il brille déjà dans cette constellation où vous êtes enchassé comme un astre aux rayons éblouissants.

PALISSY

Je sais, je sais que mon Nicolas, aimable,

brave, plein d'imagination et de feu, parcourra une brillante carrière, mais à une condition...

NICOLAS

Laquelle, père?

PALISSY

L'amour des plaisirs et des fêtes, passe encore: mais, pour un rien, mettre rapière au vent! Hier, n'a-t-il pas eu une querelle qui s'est vidée au Pré-aux-Clercs?

NICOLAS, avec vivacité, et quittant le bras de son père.

Un insolent m'a appelé *Parpaillot*: je l'ai châtié.

PALISSY

Un duel à propos de religion: quelle faute par le temps qui court!

NICOLAS

Et comment l'éviter?

PALISSY

Si maître Nicolas n'était pas si souvent en la compagnie de jeunes écervelés, s'il vivait un peu plus dans la solitude et moins en public, il n'aurait pas à venger de sottes injures... Malgré ou plutôt à cause de la faveur de la Cour, les Palissy, jalousés comme artistes, haïs comme protestants, sont tenus à une excessive prudence,

MATHURIN

Nicolas s'en souviendra à l'avenir. Je m'en porte garant.

NICOLAS

Bon frère !

PALISSY

L'ennemi veille !

MATHURIN

Nous déjouerons ses projets par notre attitude; soyez sans crainte, père !

PALISSY

Chers enfants, écoutez-moi.

Il s'assied. Mathurin et Nicolas prennent un siège, l'un à droite, l'autre à gauche.

Je suis le fils d'un pauvre tuilier de Lacapelle-Biron, en Agenais. Lorsque j'eus douze ans, mon père me dit : « Bernard, te voilà grand. Tu sais le métier. Je suis chargé de famille. Séparons-nous et deviens un homme. » Je partis, demandant au travail mon pain de chaque jour. Je fus successivement tuilier, vitrier, peintre, arpenteur, architecte... Une coupe de terre émaillée, vue par hasard, me révéla ma vocation. J'essayai d'imiter ce chef-d'œuvre de l'art italien. Après seize ans d'essais, de tâtonnements, de lutte, de déceptions et de misère, il me sembla qu'il me poussait des ailes. Le secret ! j'avais le secret,

Hier, taxé de folie, aujourd'hui acclamé par la foule et protégé par les grands... Au milieu de mes succès, la persécution religieuse fondit sur moi comme une avalanche. Je fus ruiné, plongé dans les prisons de Bordeaux pour cause d'hérésie. Le connétable de Montmorency m'arracha aux griffes du Parlement de cette ville, m'appela à Paris, me fit donner le titre d'*inventeur des figulines* du roi et l'intendance des tuileries, établies par les soins de la reine Catherine...

Il se lève ainsi que ses fils.

Depuis cette époque, la reine, si sympathique aux arts et aux artistes, me protège chaque jour davantage. J'ai créé les jardins et orné les appartements de son nouveau palais. Enfants, Catherine est catholique et mêlée aux affaires de l'Etat. Dans ces temps de divisions, restons en dehors des querelles de parti, si nous voulons que sa protection continue d'être pour nous un abri sûr. Toutes nos heures, tous nos instants à l'art. L'art seul doit nous occuper, nous absorber. Demandons lui les jouissances promises à ses élus. C'est un grand siècle que celui où nous vivons. Faisons en sorte qu'il transmette avec honneur le nom des Palissy à la postérité.

MATHURIN ET NICOLAS ensemble.

Nous le jurons!

SCÈNE TROISIÈME

LES MÊMES, UN OUVRIER

L'OUVRIER, accourant.

Maître, le maréchal de Montmorency suit mes pas. J'ai cru devoir le précéder.

PALISSY

Le maréchal ! Oh !

SCÈNE QUATRIÈME

LES MÊMES, MONTMORENCY

MONTMORENCY, entrant avec une escorte de quatre pages.

Vive Dieu ! étant venu si près voir la reine, j'ai tenu à dire bonjour à mon vieil ami Bernard.

PALISSY

Ah ! Monseigneur ! quelle flatteuse et agréable surprise ! Vous, chez moi ! vous, dans l'atelier d'un modeste artisan !

MONTMORENCY

Les Montmorency n'ont eu que la peine de naître pour être nobles et illustres. Vous, parti des rangs les plus obscurs du peuple, vous avez conquis votre place au soleil de la célébrité par vos travaux, vos vertus et votre génie.

PALISSY

Monseigneur, permettez-moi de vous présenter mes fils.

Mathurin et Nicolas s'inclinent.

MONTMORENCY

Qu'ils ressemblent à leur père et ma bienveillance leur est acquise.

PALISSY

Tous deux, Monseigneur, s'efforceront de la mériter.

MONTMORENCY

Et où en êtes-vous, Bernard, de vos beaux projets pour Chantilly?

PALISSY

Tout marche à souhait, Monsieur le Maréchal. (A ses fils) Montrez à Monseigneur vos plans et vos esquisses.

MONTMORENCY

Non, pas en ce moment, mes amis! Le temps me presse: je reviendrai. Je veux visiter votre atelier et votre laboratoire en détail, passer la revue de tous vos chefs-d'œuvre, du plus grand au plus petit. La séance sera longue, je vous en préviens.

NICOLAS

Jamais aussi longue que nous pourrions le désirer, Monseigneur!

MATHURIN

Un visiteur tel que vous, donne du prix au

moindre objet qu'il honore de son attention.

MONTMORENCY

En compagnie d'artistes de votre mérite, on apprend toujours quelque chose.

PALISSY, confus et souriant.

Ah! Monseigneur!

MONTMORENCY

Comme je serai heureux d'oublier ici les fatigues de la guerre et les soucis de la politique! Quel doux passe-temps!... Quant à Chantilly, Bernard, je m'en rapporte à vous. Je vous connais : Vous tiendrez plus que vous ne promettez.

PALISSY

Vous verrez, Monseigneur! Chaulnes, Ecouen, Chantilly seront transformés... j'ai projeté mieux encore : un jardin, rivalisant avec les jardins dont l'imagination poétique de l'Arioste et du Tasse nous a légué une si brillante description... Après le beau, l'utile : La France fécondée et enrichie par des procédés chimiques, inconnus jusqu'à ce jour, une révolution agricole au profit du peuple des campagnes, si indigent et si sacrifié... La civilisation, d'un bond, franchissant trois siècles!.. Aidez-moi, Monseigneur, à fermer la bouche à mes détracteurs. Ils disent mes projets irréalisables. On disait aussi que j'échouerais dans la fabrication de la poterie d'émail. On prédisait un désastre ; j'ai répondu par une éclatante victoire.

MONTMORENCY

Je crois en vous, moi, cher Bernard ! Vous êtes savant, vous êtes artiste, vous êtes poète. Mon crédit, ma bourse, ma personne, tout est à vous. Parlez !

PALISSY

Les Palissy graveront au plus profond de leur cœur le souvenir de vos bienfaits.

MONTMORENCY

Allons ! au revoir, Bernard, au revoir ! à bientôt !

Il serre affectueusement la main à Palissy et à ses fils, en sortant.

SCÈNE CINQUIÈME

PALISSY, MATHURIN, NICOLAS, puis UN OUVRIER

PALISSY

Qu'il est magnifique et libéral, ce duc ! Mais ces promesses, qui ont coulé de son grand cœur, comme d'une source jaillissante, sera-t-il permis à lui de les réaliser ou à moi de les mettre à profit ? Je ne sais, je doute .... Il y a en mon âme un fond de tristesse, une appréhension vague, que je ne puis ni définir, ni surmonter.

NICOLAS

Quelles craintes pouvez-vous avoir, père ? Les Montmorency vous aiment, Monseigneur de Mayenne vous couvre de son influence, la reine s'intéresse à vos travaux et les encourage.

PALISSY

J'ai subi des revirements de fortune si inattendus qu'au sein de la sécurité la plus complète, je redoute une crise.

UN OUVRIER entrant.

Un envoyé de Monseigneur le duc de Mayenne !

SCÈNE SIXIÈME

LES MÊMES, L'ENVOYÉ

L'ENVOYÉ

Messire Palissy, il faut que je vous parle sans témoins.

PALISSY, à part.

Sans témoins !... (A l'Envoyé). Je suis à vos ordres.

Tous les personnages en scène sortent, excepté Palissy et l'Envoyé.

L'ENVOYÉ

Messire Palissy, Monseigneur le duc de Mayenne vous fait savoir secrètement qu'il est temps de pourvoir à votre sûreté.

PALISSY

Que se passe-t-il donc ?

L'ENVOYÉ

L'orage gronde et vous menace. Hâtez-vous !

PALISSY

Un orage ?

L'ENVOYÉ

En ce moment, les mauvaises passions sont déchaînées. La reine-mère résiste encore, mais mollement. Le duc de Mayenne ne se croit pas assez fort pour détourner le coup. Hier, il eût répondu de votre vie, aujourd'hui il ne répond de rien.

PALISSY

Que me conseille-t-il ?

L'ENVOYÉ

De vous cacher sans délai.

PALISSY

Me cacher ? Et pourrais-je de gaieté de cœur, compromettre celui qui oserait donner asile à l'infortuné proscrit ?

L'ENVOYÉ

Fuyez ! Vous n'avez pas une minute à perdre.

PALISSY

Fuir !.. Et ma femme, et mes enfants ?

L'ENVOYÉ

La haine de vos ennemis est à son paroxysme. Eloignez-vous.

PALISSY

Partir !... Et alors mes travaux en cours d'exécution sont interrompus.... Mon œuvre reste inachevée... Mais le roi, mais la reine, laisseront-ils commettre une pareille iniquité ?

L'ENVOYÉ

L'autorité de la reine s'en va par lambeaux. Le prince, assis sur le trône, n'est plus qu'un fantôme de roi... Croyez-en le duc de Mayenne : fuyez... J'ai rempli ma mission... Encore une fois, fuyez ! (Il s'éloigne).

PALISSY, seul.

Quel coup de foudre !... Mes pressentiments !... Eh bien ! les voilà vérifiés... Avertissons mes fils... Appelant. Mathurin ! Nicolas !

SCÈNE SEPTIÈME

PALISSY, MATHURIN, NICOLAS

MATHURIN

Qu'y a-t-il, père ?... Cet homme ?...

PALISSY

Soyez calmes, tous deux... Cet homme m'a

averti, de la part du duc de Mayenne, que mes ennemis s'acharnent à ma perte.

NICOLAS, tourmentant sa dague dans le fourreau.

Nous résisterons.

PALISSY avec autorité.

Chut ! pas un mot.

MATHURIN

Devons-nous courber la tête ?

PALISSY

Ils ont pour eux la force et la loi...

NICOLAS

Nous résisterons.

PALISSY

Pas un mot de plus, vous dis-je !

MATHURIN

Alors, que décidez-vous, père ?

PALISSY

Je suis sans peur et sans reproche : j'attendrai.

MATHURIN

Ah ! vous n'attendrez pas longtemps.

Un Exempt paraît à la tête de quelques gardes.

SCÈNE HUITIÈME

LES MÊMES, L'EXEMPT

L'EXEMPT à Palissy.

Palissy, au nom du roi, je vous arrête !

MATHURIN

Que de crimes commis au nom du roi !...

NICOLAS

Qui le plus souvent les ignore.

MATHURIN

Résistez, père !

PALISSY

Moi, rebelle au roi, mon protecteur et mon maître ! Y pensez-vous ?

NICOLAS

Fort de votre innocence, résistez...

PALISSY

Taisez-vous, tous deux.

L'EXEMPT à Palissy.

Etes-vous prêt ?

PALISSY

Une minute encore... A ses fils. Du calme ou vous vous perdez sans me sauver... Consolez, rassurez votre mère... protégez votre jeune sœur... Bientôt je reviendrai... Du courage, enfants !

SCÈNE NEUVIÈME

LES MÊMES, MADELEINE

PALISSY, apercevant sa femme, qui s'avance.

Ciel ! Madeleine !

MADELEINE

Pourquoi ce bruit? Pourquoi ces soldats? Que se passe-t-il ici?... Bernard, mes enfants, ayez pitié de mes angoisses; parlez, répondez-moi.

PALISSY

Je suis victime d'une erreur.

MATHURIN, *indigné.*

Ou d'une lâche dénonciation.

MADELEINE

Mais de quoi s'agit-il? Parlez, je vous en conjure!

NICOLAS

Notre père est arrêté.

MADELEINE

Arrêté... Mon Bernard arrêté! Ai-je bien entendu?

PALISSY

Dans ces temps de trouble, une calomnie a vite fait bien du chemin et bien du mal.

MADELEINE

Eh quoi! il suffit donc d'être honnête, d'avoir du cœur, du génie, pour devenir suspect... L'horrible époque que la nôtre!

PALISSY

Oh! Madeleine!...

MADELEINE, *à l Exempt.*

A-t-il conspiré, cet artiste inoffensif qu'on arrache à son atelier? A-t-il violé les lois? A-t-il cessé d'être fidèle à son Dieu, à son roi et à son pays?

L'EXEMPT

L'ordre, dont je suis porteur, émane du roi, Madame ! il faut s'y soumettre.

MADELEINE

Non, il ne faut pas que l'artiste, qui a doté la France de si merveilleuses découvertes, soit odieusement persécuté; il ne faut pas qu'un époux soit enlevé à sa femme, un père à ses enfants, sans qu'ils aient tenté tous les moyens de salut.

NICOLAS

Par le Christ, ma mère! voilà qui est bien parlé.

PALISSY, *vivement.*

Pas de violences.

NICOLAS

Et pourtant...

MATHURIN

Toujours opprimés, toujours victimes...

PALISSY

Pas de violences ou vous serez brisés. Calmez ce jeune sang qui bouillonne dans vos veines ou vous allez droit à l'abîme.

MADELEINE

Votre père a raison... Comment, d'ailleurs, recourir à la force, moi, faible femme, qui n'ai à mon service que la prière, les supplications et les larmes ?... A l'exempt. L'ordre émane du roi, avez-vous dit ?

L'EXEMPT

Oui, madame.

MADELEINE

Accordez-moi une heure; je ne vous demande qu'une heure. Je cours et je reviens avec la révocation de cet ordre barbare.

L'EXEMPT

Impossible, Madame : je dois exécuter mon mandat à l'instant même.

PALISSY

L'officier fait son devoir : inclinons-nous, Madeleine !... J'ai des amis puissants; ils me viendront en aide... Patience ! l'heure de la justice ne tardera pas à sonner.

L'EXEMPT

Gardes, emmenez Palissy.

NICOLAS, s'élançant.

Qu'on m'emmène avec lui !

L'EXEMPT

L'ordre ne concerne que Bernard Palissy... Marchons.

MADELEINE, anxieuse.

Où le conduisez-vous ?

L'EXEMPT

A la Bastille.

MADELEINE, poussant un cri.

Ah !...

Elle chancelle et tombe évanouie, dans les bras de ses deux fils, pendant que Palissy s'éloigne avec les gardes.

FIN DU SECOND ACTE.

Troisième Acte

LA BASTILLE (1582)

Un cachot à la Bastille. Deux ou trois escabeaux; un banc et une table; un grabat avec des rideaux d'étoffe grossière.

SCÈNE PREMIÈRE

PALISSY, seul, assis auprès de la table.

Les jours succèdent aux nuits, les nuits aux jours; sept ans de captivité et pas une lueur d'espoir!... On ne m'a laissé qu'une tête pleine de bruit et de douleur, d'affreux souvenirs, d'images de deuil: mes fils, égorgés dans un guet-apens, par une bande d'assassins; ma femme morte de chagrin; ma fille restée orpheline et dont j'ignore le sort... Job, dans sa détresse, sur son fumier, s'entretenait avec ses amis. Mes amis, à moi, où sont-ils ?... Seul, toujours seul, séquestré du monde, oublié de tous, mort vivant, enfermé dans cette cellule comme dans un sépulcre... si encore, avant de mourir, je revoyais ma fille !

SCÈNE DEUXIÈME

PALISSY, UN GUICHETIER

LE GUICHETIER, *empressé.*

Maître, maître...

PALISSY

Qu'y a-t-il ?

LE GUICHETIER

Le roi est à la Bastille ; il visite des prisonniers ; j'ai entendu prononcer votre nom... Peut-être ne s'en ira-t-il pas sans vous avoir vu !

PALISSY

Que m'importe !

LE GUICHETIER

S'il venait pourtant...

PALISSY

Ce n'est pas lui que j'attends.

LE GUICHETIER

Eh ! qui attendez-vous ?

PALISSY

Chaque jour, à toute heure, depuis sept ans, lorsque les verrous grincent, que la clef tourne dans la serrure, j'ai au cœur un subit battement. Il me semble que ma Denise, la fille de cette Madeleine, qui m'aida à porter ma croix jusqu'au calvaire, va apparaître à mes yeux, répandre dans ma sombre prison la lumière et le parfum de la jeunesse, la vie, l'espérance, l'amour.

LE GUICHETIER

Avec le roi, s'il pénètre dans votre cachot, vous aurez mieux qu'un espoir chimérique ; il a les bras longs ; il peut d'un mot vous ouvrir les portes de la Bastille... Et, une fois libre, vous aurez bientôt des nouvelles de votre fille.

PALISSY

Vous avez peut-être raison, l'ami !

LE GUICHETIER

Ah ! que je serais joyeux de votre bonheur ! Vous le méritez si bien... A votre âge, et si bon et si savant, être emprisonné comme un vil criminel ! Ça me fait mal. Quoique guichetier, on a du cœur autant qu'un autre, allez !

PALISSY

Vous me l'avez souvent prouvé. Merci !

LE GUICHETIER

Ah ! si je pouvais davantage !

PALISSY

Maintenant je souhaite la visite du roi,

LE GUICHETIER, *écoutant.*

Vous allez, je crois, être servi à souhait.... J'entends des rumeurs dans les corridors; on monte l'escalier... C'est, sans doute, le roi et sa suite.

Il sort à la hâte.

SCÈNE TROISIÈME

PALISSY, HENRI III

HENRI III, *parlant à la cantonnade, sur le seuil de la porte.*

Qu'on me laisse seul avec le prisonnier. (*A Palissy*) Bonhomme, nous sommes de vieilles connaissances et j'ai plaisir à vous revoir.

PALISSY, *s'inclinant.*

Votre visite, sire, quoiqu'un peu tardive, est un grand honneur pour moi.

HENRI III

Je ne vous ai pas oublié; je n'ai pas oublié l'artiste dont les chefs-d'œuvre ont permis à la France de rivaliser avec l'Italie.

PALISSY

Et, malgré mes services, sire, méconnu et persécuté, je languis au fond d'un cachot.

HENRI III

Bernard, vous êtes un vieil Huguenot endurci.

Par ce temps de troubles et de massacres, vous étiez plus en sûreté à la Bastille qu'en plein Paris. Mais je prétends vous rendre aujourd'hui ce qu'on vous a injustement ôté.

PALISSY

Vous ne me rendrez pas, sire, la sainte femme que j'ai perdue, mes fils assassinés, ma fille dont je n'ai plus eu de nouvelles depuis mon arrestation.

HENRI III

Je viens mettre un baume sur vos blessures.

PALISSY

Si seulement je retrouvais ma fille !...

HENRI III

Je ferai tout ce qui sera en mon pouvoir pour vous réunir l'un à l'autre.

PALISSY

Vous et Madame votre mère, m'avez longtemps honoré de votre protection.

HENRI III

Si nous n'avons pas continué, ce sont les nécessités d'Etat qui en sont cause.

PALISSY

Tristes nécessités qui obligent les princes à faire le mal, quand ils sont portés au bien !

HENRI III

En ce qui vous concerne, vous recevrez une

réparation éclatante ; vous serez réintégré dans votre emploi d'intendant des Tuileries ; vous continuerez votre œuvre d'artiste et de savant.

PALISSY

Sire, n'oubliez pas ma fille....

HENRI III

Nous la rechercherons : je vous en donne ma parole de roi.

PALISSY

Cette parole fait glisser un rayon de joie dans mon âme attristée. Ah ! que vous êtes bon !

HENRI III

Bernard, il y a bien quinze ans que vous êtes au service de ma mère et de moi. Nous vous avons laissé vivre en votre religion ; nous vous avons protégé contre ceux qui, vous traitant d'hérétique, réclamaient votre mort à grands cris.

PALISSY

Depuis longtemps, ma reconnaissance vous est acquise. Vous n'avez pas de sujet plus dévoué que moi.

HENRI III

Eh bien ! un bon mouvement ! Ne nous créez plus ni souci ni embarras. Venez à nous, rompez avec l'hérésie ; abjurez.

PALISSY

Ah ! sire, que me proposez-vous ?

HENRI III

Vous serez libre.

PALISSY

Je préfère habiter ce cachot jusqu'à mon dernier soupir que déserter mes croyances. Le déserteur est un lâche.

HENRI III

Vous serez libre.

PALISSY

Vous m'offrez la liberté et vous me refusez celle que j'ai le plus à cœur : la liberté de conscience !

HENRI III

Décidez-vous, Bernard !

PALISSY

Impossible, sire !

HENRI III

Et l'art avec ses enchantements et la science avec ses miracles et ses trésors cachés ! Y avez-vous renoncé ?

PALISSY

L'art ! Oui, servir l'art avec enthousiasme, avec passion, créer des types de beauté de plus en plus parfaits, m'élever plus haut, toujours plus haut !... La science ! Oui, marcher de progrès en progrès, trouver des solutions nouvelles, élargir devant moi l'horizon des découvertes...

HENRI III

Et votre fille !...

PALISSY

Ma Denise ! Revoir ma Denise !... Oh ! oui, oui.... Mais ma conscience, sire, ma foi, mes croyances, mon honneur, n'est-ce donc rien ?... Trahir ma religion, trahir mon Dieu, moi, Palissy !...

HENRI III

Craignez les conséquences de votre refus... Les Guises et leurs partisans me pressent au point qu'à mon grand regret, je vais être contraint de vous livrer si vous refusez de vous convertir.

PALISSY

Sire, vous m'avez souvent répété que vous aviez pitié de moi ; et, moi, j'ai pitié de vous, qui avez prononcé ces mots : *je suis contraint...* Ce n'est pas parler en roi. Je ne suis qu'un pauvre artisan, vieux, faible, sans défense, et nul au monde ne pourra me contraindre à m'avilir et à me parjurer.

HENRI III

En vous obstinant, vous marchez à la mort.

PALISSY, avec exaltation.

A la gloire !

HENRI III

Vous réfléchirez.

PALISSY

Vienne le bourreau : je suis prêt !

HENRI III à lui-même.

Le malheureux ! Quel entêtement ou plut quelle conviction et quelle foi !

(Il sort).

PALISSY, seul.

Ce prince est généreux et brave, mais irrésol mobile et faible... Trop d'ivraie mêlée à ce b grain. Quel dommage !

SCÈNE QUATRIÈME

PALISSY, LE GUICHETIER

LE GUICHETIER, avec sollicitude.

Quoi de nouveau, maître ? Que vous a dit Roi ?

PALISSY

Nous n'avons pu nous entendre.

LE GUICHETIER

Qu'exige-t-il ?

PALISSY

Il m'assure de ses bonnes grâces et me rend ses faveurs si je renonce à mon culte.

LE GUICHETIER

Vous refusez ?

PALISSY

Je refuse.

LE GUICHETIER

Maître, je ne suis qu'un pauvre ignorant et pourtant m'est avis que, dans la vie comme sur une mer orageuse, il faut savoir plier les voiles à propos pour ne pas être emporté par la bourrasque.

PALISSY

Ce que je disais au Roi, je vous le répète, à vous, simple et bon, qui, avant tout, désirez mon salut : dire *oui* quand ma conscience dit *non*, cela est au-dessus de mes forces.

LE GUICHETIER

A l'exemple du prudent nautonnier, pliez votre voile et laissez passer le mauvais temps.

PALISSY

Moi, ne pas braver le péril en face ! Céder par peur; céder par calcul! Changer de religion? Les Palissy n'ont jamais mangé de ce pain-là.

LE GUICHETIER

Est-ce donc si difficile ?

PALISSY

On ne quitte pas sa religion comme un vieux pourpoint usé..... Allons ! parlez-moi d'autre chose, l'ami !

LE GUICHETIER

Et bien! je vais vous parler d'autre chose, maître! Ecoutez ceci : « Ordre de la Reine de laisser pénétrer auprès de Bernard Palissy la personne qui sera accompagnée d'un officier de sa garde. »

PALISSY

Et cette personne ?

LE GUICHETIER

Est là... j'attendais, pour l'introduire, l'éloignement du Roi.

PALISSY

Si c'était... si c'était !... comme mon cœur bat !... Vite, introduisez-la.

LE GUICHETIER, ouvrant la porte de la cellule.

La voici. (Denise paraît).

SCÈNE CINQUIÈME

LES MÊMES, DENISE.

DENISE, se précipitant dans les bras de Palissy.

Mon père, mon père... oh ! mon père !

PALISSY

Denise, ma fille !

(Il la tient étroitement embrassée.)

DENISE

Oui, oui, père ! c'est moi... N'est-ce pas une barbarie, une cruauté sans nom que d'empêcher une pauvre fille de voir, d'embrasser son père ?... Enfin, Dieu soit loué ! je suis dans vos bras.

PALISSY

Sur mon cœur !

LE GUICHETIER, à part.

Ces scènes-là, ça me remue, ça me remue ! C'est plus fort que moi... je me sens tout drôle !

(Il sort).

SCÈNE SIXIÈME

PALISSY, DENISE

PALISSY, contemplant sa fille.

Oui, c'est bien ma Denise... Comme tu ressembles à ta mère, enfant !... C'est sa voix si douce, son visage si doux, ses yeux, sa taille....

DENISE

Oh ! que je suis heureuse, bien heureuse, père !

PALISSY

Qu'es-tu devenue, après avoir perdu ta mère, perdu tes frères ?... Qu'es-tu devenue, orpheline, sans ressources, sans protection, dans ce grand Paris ?

DENISE

La veuve de votre contre-maître, dame Mathieu, a eu pitié de l'orpheline et m'a recueillie. Elle avait un fils à peu près de mon âge, George; elle nous a élevés ensemble, nous prodiguant les mêmes soins maternels, nous confondant dans la même affection.

PALISSY

La digne femme!

DENISE

Afin de nous rapprocher de vous, elle prit un logement aux environs de la Bastille. J'étais privée de vos caresses, de votre vue, sans doute; mais je respirais, en quelque sorte, le même air. Ce voisinage rendait la séparation moins pénible. Je rôdais, le matin, le soir, autour de cette prison où vivait celui vers lequel se dirigeaient toutes mes pensées, toutes mes aspirations, tous mes vœux. Je la maudissais et, pourtant, je m'en serais éloignée à regret, avec chagrin. Ne plus voir le monstre de pierre, qui gardait dans ses flancs l'être auquel je désirais si ardemment consacrer mon existence, c'eût été un bien dur sacrifice! Je restais là des heures entières, à le prier mentalement, espérant — espérance folle! — que, touché de mes larmes, il me rendrait ce père tant aimé...

PALISSY

Chère Denise !

DENISE

Un jour — il y a un an — des passants regardaient avec curiosité les prisonniers à qui on accorde la promenade sur la plateforme des tours. Je m'approchai. J'écoutais leurs propos. L'un d'eux disait : « Voyez ce vieillard à barbe blanche, qui promène seul, à l'écart. C'est Palissy, l'émailleur du roi. » Ces paroles, cette révélation, cette vision inattendue me firent tressaillir. Mon âme s'envola vers le cher prisonnier et je m'évanouis... Quand je repris mes sens, la vision avait disparu.

PALISSY

Et, à cette date, le gouverneur Bussi, toujours ingénieux dans sa haine contre moi, me classant au nombre des détenus dangereux, supprima mes promenades quotidiennes. Depuis ce moment, je n'ai plus respiré que l'air méphitique de mon cachot.

DENISE

Et, depuis ce moment, ô innocente victime de la méchanceté des hommes ! Je me jurai d'arriver jusqu'à vous. Comment ? je l'ignorais. J'associai George à mon projet. Sa mère applaudit à notre résolution. Et me voilà partie à la recherche des seigneurs qui vous honoraient de leur amitié, quand vous jouissiez de la faveur royale... Le duc de Mayenne et les Montmorency étaient aux armées. Les autres m'éconduisirent sous des prétextes menteurs. En vain, je sollicitais une audience de la reine Catherine. A la nuit, je rentrais bien lasse, bien découragée. Mais George relevait mon courage et, le lendemain, je recommençais ou plutôt nous recommençions, excités par la justice et les difficultés de notre entreprise.

PALISSY

George t'a soutenue ! Combien je l'aime pour tout ce qu'il a fait pour toi !

DENISE

Oui, mais, à tout prix, il fallait être reçue par la reine ; il fallait intéresser la reine. Aujourd'hui, George et moi, nous partons. « Viens, lui ai-je dit ; essayons encore; viens. » Aux Tuileries, comme nous arrivions, des clameurs s'élèvent. On crie : *La reine va sortir !* Le carrosse débouchait sur la place, entouré de mousquetaires et de gendarmes à cheval. Je perce la foule; je cours, je me précipite au devant des chevaux. J'allais être écrasée. George, qui m'a suivie, s'élance et m'arrache à une mort certaine.

PALISSY

Oh ! le brave enfant !

DENISE

La reine s'informe. Je m'avance vers elle, les mains jointes : « Madame la reine, madame la reine ! Faites que la fille de Palissy, détenu à la Bastille, puisse voir son père ! » Et la reine me sourit et elle ordonne qu'un de ses officiers fasse ouvrir sur-le-champ devant moi les portes de la prison...

PALISSY

L'amour filial t'a heureusement inspirée et tu trouves dans mes bras la récompense de cet amour ; mais, qui récompensera George de tant de dévouement et de vaillance ?

DENISE

Sa récompense, père ! il ne l'attend que de vous.

PALISSY

De moi, misérable captif, dénué de tout ! Que puis-je ?

DENISE

George et moi, avons projeté de nous unir. Dame Mathieu serait heureuse de cette union, si elle était approuvée par vous.

PALISSY

Dame Mathieu t'a servi de mère ; George t'a sauvé la vie ; il t'aime !... à quels plus nobles cœurs te confier ? J'approuve cette union et je m'en réjouis.

DENISE, *joyeuse.*

Et le jour de votre mise en liberté sera notre jour de fiançailles !

PALISSY

Malheureuse ! tu fais crouler mon rêve.

DENISE

Est-ce que l'heure de votre délivrance ne va pas bientôt sonner ? La reine s'est rappelée de son protégé, le grand artiste agenais. Le roi, son fils, vous visitant dans ce cachot, a dû vous apporter des paroles de clémence !

PALISSY

Pauvre enfant ! Pauvre enfant !

DENISE

Que signifie ce cri d'angoisse ?

PALISSY

Une joie folle, toutes les délices que puisse goûter un père, je les ai ressenties, en recevant tes caresses, en sentant ta joue contre la mienne, en entendant ta voix, en te voyant sourire. Mais, au sein de ce bonheur, une pensée amère m'a traversé le cœur comme une lame aigue. Si un sacrifice s'impose, si le devoir commande, si ma fille, suave et décevant fantôme, ne m'est apparue que pour s'évanoüir et disparaître, s'il s'élève tout-à-coup entre elle et moi une barrière infranchissable, ne faut-il pas placer à l'entrée de mon cachot cette terrible inscription, qui se lit à la porte de l'Enfer du Dante : *Laissez ici toute espérance ?*

DENISE

Que dites-vous ? Que dites-vous ?

PALISSY

Je suis à la Bastille pour ne plus en sortir jamais.

DENISE

Est-ce possible ?

PALISSY

En te revoyant, ma fille, j'ai bu ma dernière goutte de bonheur.

DENISE

Vous me glacez d'effroi.

PALISSY

Le roi m'offre la liberté : c'est vrai.

DENISE

Eh bien ?...

PALISSY

Eh bien ! c'est au prix d'une bassesse et d'une lâcheté... Le roi veut que j'apostasie. Le roi veut que je renonce à mes croyances et à ma foi, que je sois traître à mon Dieu. Le roi veut, en un mot, que je sois infâme ! Et toi, le veux-tu ? Veux-tu que tous les martyrs de la Réforme se lèvent de leurs tombeaux pour m'accuser et me maudire ?

DENISE

Vous m'accablez.

PALISSY

Oui, une captivité sans fin ou la mort, tel est mon lot !

DENISE

Je reverrai la reine. Son sourire, ses paroles si encourageantes me permettent d'espérer. A ses pieds, je solliciterai votre grâce.

PALISSY

Espère, enfant ! L'espérance, c'est si doux à ton âge !... Quant à moi, je n'espère plus... Mes illusions ont fui devant le souffle implacable de la réalité comme les feuilles mortes, tombées à terre et que le vent disperse... Le droit, la justice, la liberté ! des mots, des mots.

DENISE

Vous retrouver et vous perdre encore ! Ce comble d'infortune nous est-il réservé ?... Oh ! cela ne sera pas, cela ne sera pas...

PALISSY, en proie à une hallucination subite.

Qu'est-ce que je ressens ? quelle secousse, quel trouble dans mon cerveau ! mes idées passent, confuses, comme à travers un crible... Ma raison, ma raison !... Oh ! je ne voudrais pas être fou.

DENISE

Père !...

PALISSY

Oh ! ma tête ! ma pauvre tête !

DENISE

Père !

PALISSY, l'œil fixe et hagard.

Mes créanciers !... Ils saisissent mes meubles, mes outils !... Comment vivre ? Comment travailler ? Et ma famille ! Qui donc sauvera ma famille ?... Allons ! vite du bois ! .. Il n'y a plus de bois ?... Comment entretenir la chaleur du four ?... Et le secret, le secret !... Du bois, vous dis-je ! (Il s'agite, cherchant autour de lui). Madeleine, Madeleine, j'ai réussi !.. vois ces magnifiques vases, ces coupes, ces rustiques figulines... oh ! ma tête, ma pauvre tête !

DENISE, angoissée.

Père !

PALISSY

Pourquoi ces chaînes, ces instruments de torture, ces bûchers ? Pourquoi tant de sang, tant de sang versé ? Ne sommes-nous pas tous frères ? .. Et moi, pourquoi me traîner à la Bastille ? Quel est mon crime ?... Oh ! ma tête, ma pauvre tête !

DENISE

Père, chassez ces fantômes, reconnaissez votre Denise.

PALISSY

Mes yeux se troublent, mes jambes fléchissent... Seigneur, pardonne-moi comme je pardonne à ceux qui m'ont offensé !

(Il s'affaisse sur le grabat).

DENISE, éplorée.

Au secours ! mon père se meurt.

SCÈNE SEPTIÈME

PALISSY, DENISE, LE GUICHETIER.

PALISSY

J'avais retrouvé ma fille. Me l'ont-ils enlevée de nouveau ?... Denise, mon unique enfant !... Oh ! par pitié ! rendez-moi ma fille...

DENISE

Votre Denise est là, tout prés de vous... Elle ne vous quittera plus. (Elle s'empresse auprès du moribond).

LE GUICHETIER

Pauvre homme !

PALISSY, étendant ses mains.

Denise, je te bénis... Madeleine, je vais à toi.

(Il retombe sur sa couche et meurt).

LE GUICHETIER

(Après s'être penché sur le corps inanimé de Palissy).

Fille de Palissy, vous n'avez plus de père !

DENISE, à genoux.

O grand homme de bien, martyr qui a tant souffert, ô mon père, adieu !

Le guichetier ferme pieusement les rideaux du lit.

SCÈNE HUITIÈME

LES MÊMES, MONTMORENCY, escorté d'hommes armés, suivis de quelques employés de la Bastille.

MONTMORENCY

J'accours, porteur d'une bonne nouvelle.

LE GUICHETIER, surpris.

Monseigneur de Montmorency !

MONTMORENCY

Avertissez le prisonnier.

LE GUICHETIER

Monseigneur, il y a sept ans, la Bastille reçut un homme plein de vie, elle ne rendra qu'un cadavre.

MONTMORENCY

A force de supplications, j'ai obtenu la grâce de mon vieil ami.

LE GUICHETIER

Trop tard !

MONTMORENCY

Que dis-tu ?

LE GUICHETIER, *tirant les rideaux du lit.*

Voyez, Monseigneur !

MONTMORENCY

Ciel ! Palissy !...

LE GUICHETIER

Mort pour la plus sainte des causes, la liberté !

FIN

Avril 1893.

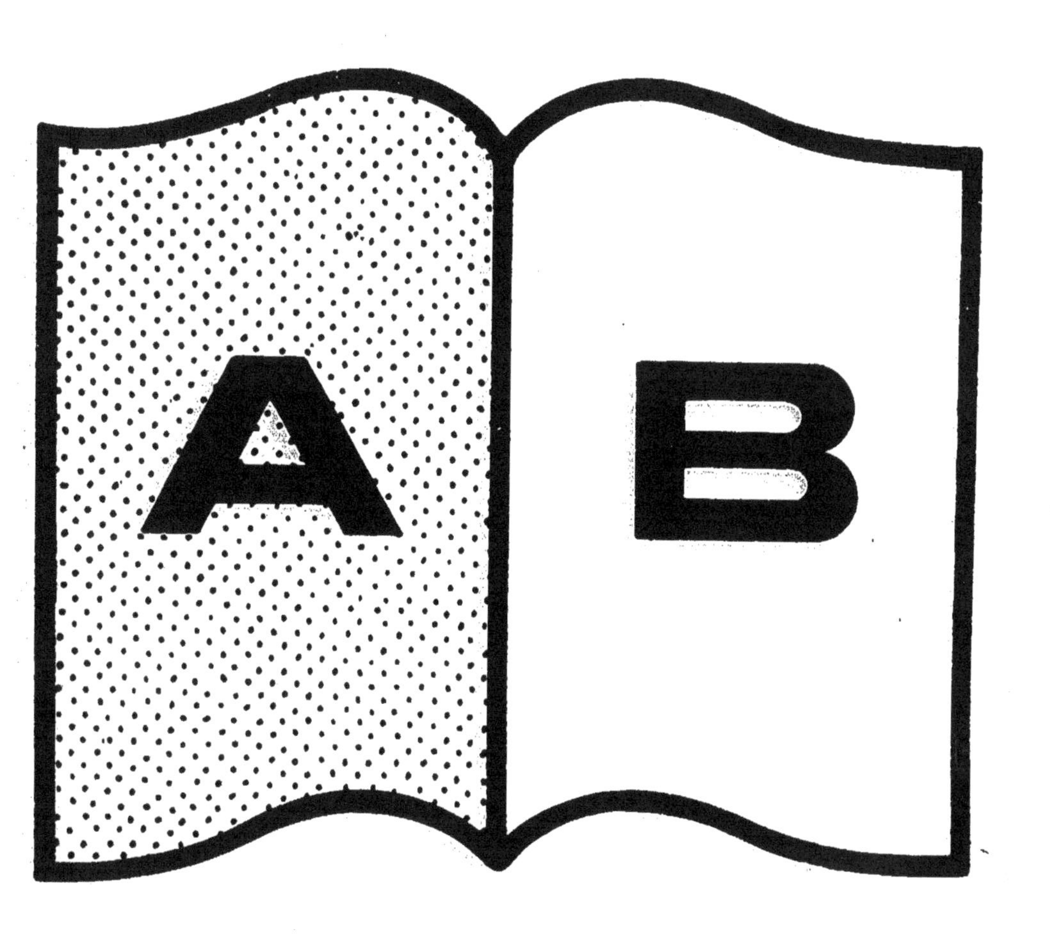

Contraste insuffisant

NF Z 43-120-14

CPSIA information can be obtained
at www.ICGtesting.com
Printed in the USA
LVHW051215050723
751567LV00008B/247